궁금한 건 못 참는 어린이 첫 수수께끼

글 해바라기 기획·그림 김은경

수수께끼에 대해 알고 싶어요!

　수수께끼는 옛날부터 말로 전해 내려온 구비 문학의 한 부분입니다. 또 수수께끼는 아주 오래 전부터 있었던 것으로 알려져 있습니다.

　그것은 유명한 희랍 신화에 나오는 '스핑크스와 오이디푸스'의 수수께끼에서도 알 수 있답니다.

　"처음에는 네 발로 걷고, 다음에는 두 발로 걷고, 마지막에는 세 발로 걷는 것이 무엇이냐?"

　이 수수께끼의 답은 사람입니다. 어릴 때는 기어다니니 네 발이고, 젊어서는 두 발로 걸어다니다가 늙어서는 지팡이에 의지해 걸으니 세 발이 되는 것입니다.

　『삼국 유사』에는 우리나라에서 기록된 수수께끼로는 가장 오래된 것이 실려 있습니다.

롱 길롤!

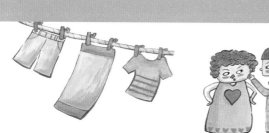

"열어 보면 두 사람이 죽고, 열어 보지 않으면 한 사람이 죽는다."

이 수수께끼는 신라 소지왕이 이상한 까마귀 주인에게서 받은 편지 봉투에 씌어 있었습니다.

이 수수께끼의 답은 두 사람은 백성을 뜻하고, 한 사람은 임금을 뜻한다는 것입니다. 소지왕은 결국 봉투를 열고 자기를 죽이려는 음모를 짠 두 사람을 잡았답니다.

수수께끼의 큰 특징은 질문하는 사람과 대답하는 사람이 함께 어울리는 놀이성이 있다는 것과 대답하는 사람이 쉽게 답을 말하지 못하게끔 문제를 내기 때문에 지능과 상상력을 길러 준다는 점입니다.

사람에 관한 것

1. 네거리에 서서
춤추는 사람은 누구일까요?

답 : 교통경찰 아저씨

2. 소는 소인데 가장 예쁜 소는 무엇일까요?

답:미소

3. 눈을 감으면 보이고 눈을 뜨면 안 보이는 것은 무엇일까요?

답 : 꿈

4. 눈앞에 있는데도
볼 수 없는 것은
무엇일까요?

15

답 : 눈썹

5. 손 안 대고
쌀 수 있는 것은
무엇일까요?

답 : 똥

6. 아침에는 네 발로,
낮에는 두 발로,
저녁에는 세 발로 걷는 것은
무엇일까요?

답 : 사람

7. 두드릴수록 칭찬 받는 것은 무엇일까요?

답:안마

8. 안 먹을래야 안 먹을 수 없고, 먹어도 배는 안 부르고, 많이 먹으면 죽는 것은 무엇일까요?

9. 문은 문인데 발도 없이 이리저리 돌아다니는 문은 무엇일까요?

답 : 소문

10. 적에게 꽁무니를 보여야
이기는 것은 무엇일까요?

답 : 달음박질

21

11. 자기가 말하고도
뭐라고 했는지

모르는 것은 무엇일까요?

답 : 잠꼬대

12.
내 것인데 남이 더 많이
사용하는 것은
무엇일까요?

답: 이름

23

13. 엉덩이 근처에 사는 새는
무엇일까요?

답 : 냄새

14. 눈에서 떨어지는
물은 눈물,
눈에서 떨어지는
꽃가루는 무엇일까요?

답 : 눈곱

25

15. 고통스럽지만 웃음이 나오는 것은 무엇일까요?

답 : 간지럼

16. 음식을 먹을 때 이 녀석이
저를 아프게 해요.

무엇일까요?

답 : 충치

27

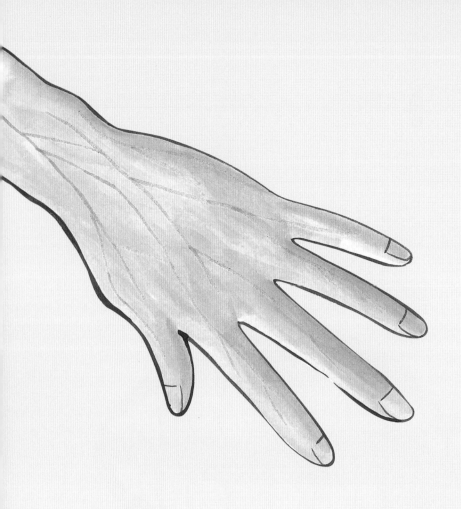

17. 누구나 갖고 있는 **줄**은 무엇일까요?

18. 누군가 목욕탕에
두고 나오는 것은 무엇일까요?

답 : 때

19. 아무리 늘어도
체중이 늘지 않는 것은
무엇일까요?

답: 주름살

20.
양파를
계속 벗기면
무엇이
나올까요?

답 : 눈물

31

21. 말하면 사라지는 것은 무엇일까요?

답: 침묵

22. 넓은 벌판 가운데에 있는
물 없는 옹달샘은 무엇일까요?

답 : 배꼽

23. 할아버지와 염소에게는 있지만
할머니에게는 없는 것은
무엇일까요?

답 : 수염

24. 불을 안 끄면
　　잠 못 자는 사람은
　　누구일까요?

답 : 소방관

25. 눈을 떠도 안 보이는 것은 무엇일까요?

답:사람의 마음

26. 실컷 때려 주고도
고맙다는 **말**을 듣는 사람은
누구일까요?

답 : 안마사

27. 버스에 아무리 노인이 많아도 앉아서 가야 하는 사람은 누구일까요?

답:운전기사

28. 다이빙을 해도
머리카락이 젖지 않는

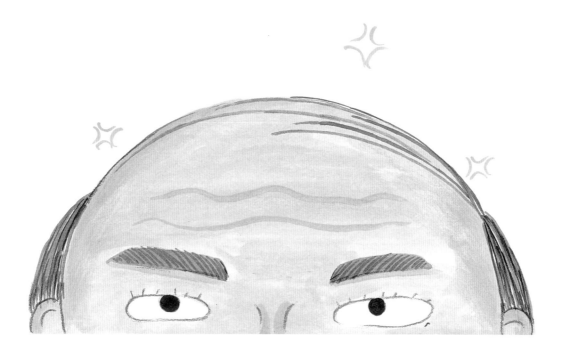

사람은 누구일까요?

답 : 대머리

29. 큰 동그라미에 작은 **구멍**이 **7개** 있는 것은 무엇일까요?

답:얼굴

40

30. 큰 바위에 구멍이 두 개인 것은 무엇일까요?

답 : 코

31. 일 년에 한 번밖에
먹을 수 없는 것은 무엇일까요?

답:나이

32.

상은 상인데
못생긴 상은
무엇일까요?

답 : 울상

43

33. 누구나 **발** 벗고 나서야 하는 일은 무엇일까요?

답 : 발 씻는 일

34.
바위 틈에서
나팔 부는 것은
무엇일까요?

답:방귀

35. 먹으면 먹을수록 화만 나는 것은 무엇일까요?

답 : 욕

36. 아프지 말라고
볼기를 때리는 사람은 누구일까요?

답 : 간호사

37. 무슨 색이든 **검은색**으로
바꾸어 버리는 것은 무엇일까요?

답:그림자

38. 모든 일을 **망**치면서
먹고 사는 사람은 누구일까요?

답 : 어부

49

2

우리 주변에 있는
동물들

39. 걸어가면서 빈대떡 부치는 것은 무엇일까요?

답 : 소똥

40. 등에 갈라진
솥뚜껑을 지고 느릿느릿 걷는 것은
무엇일까요?

41.
눈물 없이 우는 것은 무엇일까요?

42. 등에 산봉우리를 짊어지고 다니는 것은 무엇일까요?

답: 낙타

43. 뺑뺑돌아 문 하나 있는 집은 무엇일까요?

44.
앞에서는
나팔을 불고
뒤에서는 춤추는
것은 무엇일까요?

답 : 개

57

45. 자기 몸을 때리고 **높은 소리**로 우는 것은 무엇일까요?

꼬끼오

답 : 닭

46. 고양이를 무서워하지 않는
쥐 는 무엇일까요?

답 : 박쥐

47. 사진을 찍어도 흑백으로 나오는 동물은 무엇일까요?

답 : 펭귄

48. 죄도 없는데
손을 자꾸 비비는 것은
무엇일까요?

답: 파리

61

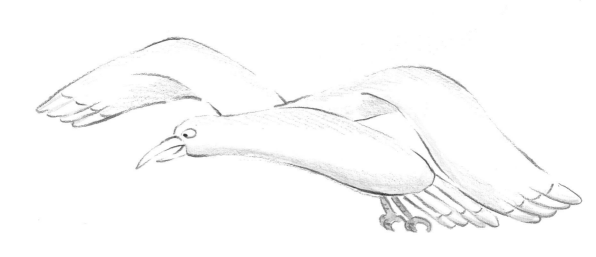

49. 앞뒤 글자가 똑같은 새는
무엇일까요?

답 : 기러기

50.
소는 **소**인데 날아다니는
소는 무엇일까요?

답 : 하늘소

51. 불은 불인데 뜨겁지 않은 불은 무엇일까요?

답 : 반딧불

64

52.
아기를 안고 달리는

동물은

무엇일까요?

답 : 캥거루

53. 어려서는 옷을 입고,
자라서는 벗는 것은 무엇일까요?

답 : 누에

3

우리 주변에 있는
식물·열매들

54.
나이 먹어갈수록 살찌는 것은 무엇일까요?

답 : 열매

55. 더울 때는
옷을 잔뜩 입고
추울 때는
옷을 벗어 버리는 것은
무엇일까요?

답:나무

69

56. 몸뚱이 하나에
머리는 둘이요,
다리에는 **털**이 나 있는 것은
무엇일까요?

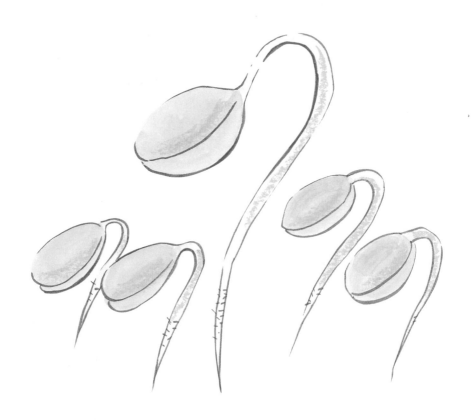

답 : 콩나물

57. 빨간 얼굴에
검은 주근깨투성이인 것은
무엇일까요?

답 : 딸기

58. 잘못했을 때 먹는 과일은 무엇일까요?

답 : 사과

59. 숲 속에서
커다란 **모자**를 쓰고 서 있는 것은
무엇일까요?

답 : 버섯

60. 젊을 때는
약하고
늙을수록
단단해지는 것은
무엇일까요?

답 : 대나무

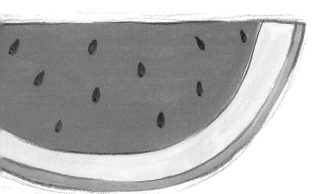

61.
녹색 집 속에 빨간 집,
빨간 집 속에 까만 아이들이
모여 있는 것은 무엇일까요?

답 : 수박

75

62. 저축을 많이 하는 사람이 좋아하는 나무는 무엇일까요?

답 : 은행나무

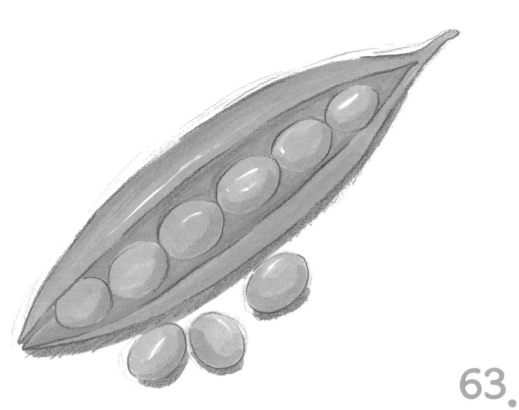

63.
푸른 집에 살다가
집이 노랗게 되면
발가벗고 튀어 나오는 것은
무엇일까요?

답:콩

64. 늙을수록 고와지는 것은
무엇일까요?

4

우리 주변에 있는
여러 가지
물건들

65. 거꾸로 보나, 바로 보나, 옆으로 보나 바로 보이는 것은 무엇일까요?

답 : 거울

66. 날개 없이 날아가는 것은
무엇일까요?

답 : 연기 , 풍선

67. 태어나긴 오늘 태어나는데
생일이 **내일**인 것은 무엇일까요?

답 : 신문

68. 다리로 올라가서 영덩이로 내려오는 것은 무엇일까요?

답: 미끄럼틀

69. 마른 옷은 벗고
    젖은 옷은 입는 것은
    무엇일까요?

70. 매일 학교에는
따라가지만
공부는 하지 않는
것은
무엇일까요?

답 : 책가방

85

71. 먼 산을 보고
방귀 뀌는 것은 무엇일까요?

답: 엽총

72. 눈 좋은 사람은
잘 안 보이고
눈 나쁜 사람은 잘 보이는 것은

무엇일까요?

답 : 안경

87

73. 밤낮 남의 말만 전하는 것은 무엇일까요?

답 : 전화기

74. 보기는 보지만
가질 수 없는 것은 무엇일까요?

답 : 거울 속

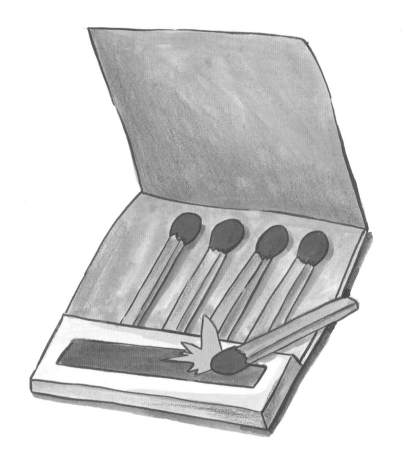

75. 미끄럼 타고 번개 치는 것은
무엇일까요?

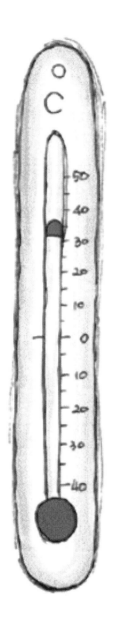

°C

50
40
30
20
10
0
10
20
30
40

76. 날씨가 더우면
키가 커지고,
추우면 작아지는 것은
무엇일까요?

답 : 온도계 눈금

91

77.
올라갈 때는
짐을 싣고
내려갈 때는
짐을 **푸는 것**은
무엇일까요?

답 : 숟가락

92

78.

더운 날에만 도는 것은 무엇일까요?

답 : 선풍기

79. 세상에서 가장 잘 깨지는 유리창은 무엇일까요?

답 : 와장창

80. 먹어도 먹어도
배가 부르지 않는 것은

무엇일까요?

답 : 냉장고

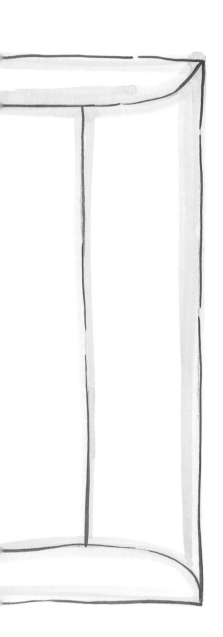

81.
찢지 않으면
읽을 수
없는 것은
무엇일까요?

답 : 편지봉투

82. 피도 뼈도 살도 없는
손가락 다섯 개는 무엇일까요?

답 : 장갑

83. 공기만 먹어도 살이 찌는 것은 무엇일까요?

답 : 풍선

84. 아프지도 않은데
매일 입으로 들어가는 약은
무엇일까요?

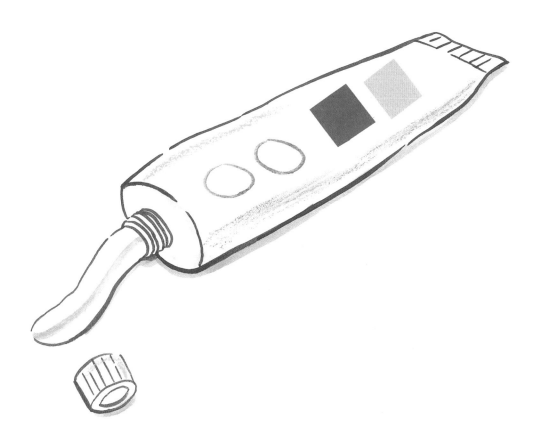

답:치약

99

85. 먼지를 아무리 마셔도 병에 걸리지 않는 것은 무엇일까요?

답 : 청소기

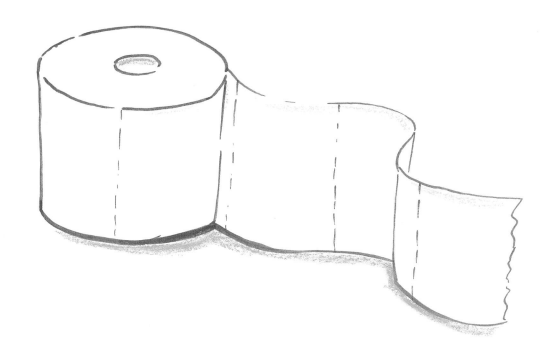

86. 몸이 다 펴진 후에
인생이 끝나는 것은 무엇일까요?

답 : 두루마리 휴지

87.

한 달마다 죽는 것은 무엇일까요?

88. 매일매일 닦으면 조금씩 없어지는 것은 무엇일까요?

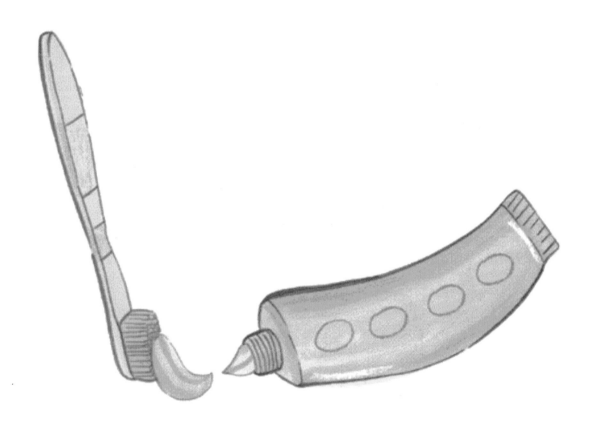

답:치약

89. 엉덩이가 뜨거우면
우는 것은 무엇일까요?

답 : 주전자

90. 많이 **먹을수록**
잘 움직이는 것은 무엇일까요?

답 : 풍선

91. 다 비추어도 자기 앞은 비추지 못하는 것은 무엇일까요?

92.

머리에 입은 있는데
손과 발이 없는 것은
무엇일까요?

답: 병

93. 깎으면 깎을수록
길어지는 것은
무엇일까요?

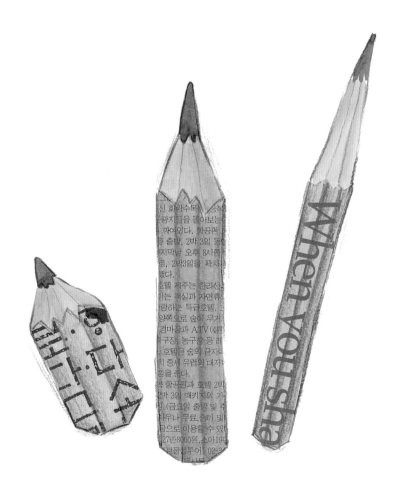

답 : 연필

94.
얼굴에 딱지 붙이고 여행하는 것은 무엇일까요?

답 : 편지

95.
닦으면 닦을수록
더러워지기만 하는 것은
무엇일까요?

답 : 걸레

96. 빨간 옷 입고 서서
하루 종일 **네모난 종이**만 먹고 사는
것은 무엇일까요?

답 : 우체통

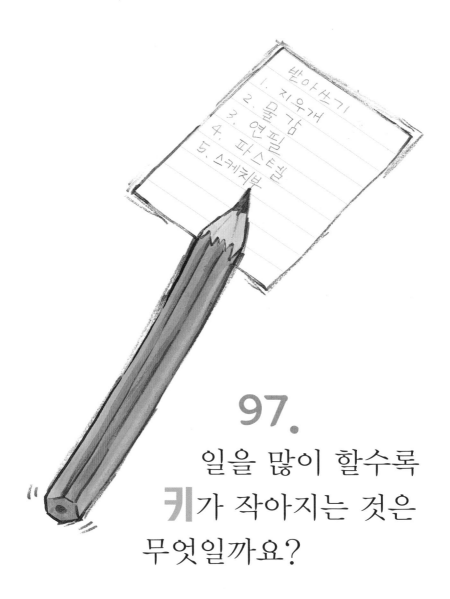

97.

일을 많이 할수록
키가 작아지는 것은
무엇일까요?

98. 매 맞고도 노래 부르는 것은 무엇일까요?

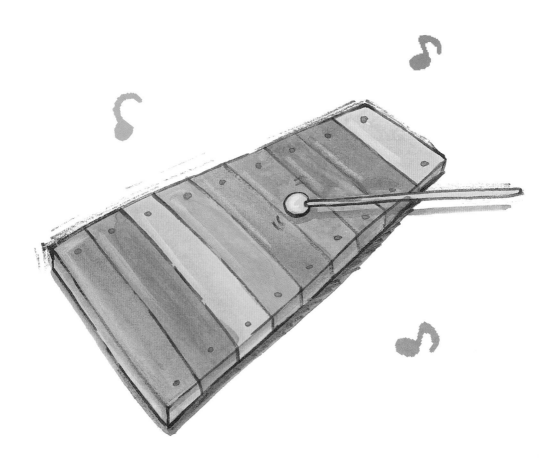

답:실로폰

99.
머리털로 일하는 것은
무엇일까요?

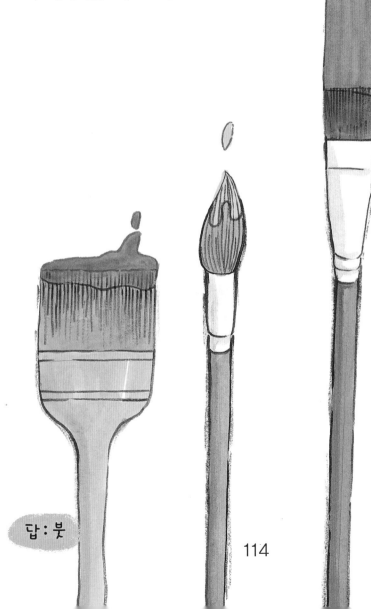

답 : 붓

100. 손님 앞에서 오줌 누는 것은 무엇일까요?

답 : 주전자

101.
한 구멍에 다섯 형제가
들어가는 것은 무엇일까요?

답 : 양말

102.

하얀 얼굴에
뜨거운 땀을
뻘뻘 흘리는
것은
무엇일까
요?

답 : 양초

103. 강은 강인데
물고기가 없는 강은
무엇일까요?

답 : 요강

104.

언제나 자지 않고
지켜 보는 것은
무엇일까요?

답 : 사진

105.

울어도 **흉내**내고,
웃어도 **흉내**내는 것은
무엇일까요?

답 : 거울

120

106. 네 발 가지고도 다니지 못하는 것은 무엇일까요?

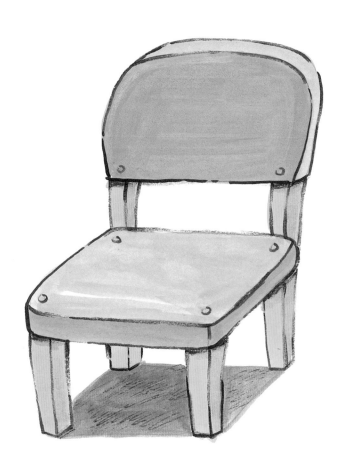

답 : 의자

107. 먹으나 안 먹으나 항상 **배**가 불러 있는 것은

무엇일까요?

답:항아리

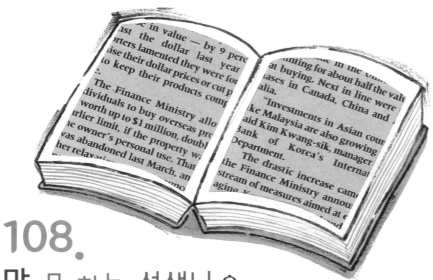

108.
말 못 하는 선생님은
무엇일까요?

답 : 책

109. 온갖 것을 다 실어도
무겁지 않은 것은

○○日報

"2020년 가구당 교육비
年 707만원으로 늘 것"

"외환위기도 겪어봤지만 작년만
큼 수익이 좋지 않았던 때가 없었
어요. 이대로 가다간 끝장이라는
생각밖에 없습니다. 근처 아파트
상가도 텅텅 비고 있어요."
서울 양재동에서 20여 년간 수
퍼마켓을 운영해온 김경배(한국수
퍼마켓연합회 회장)씨는 대표적인
자영업 단체들을 규합해 23일 한국
프레스센터에서 '절박한' 심정으
로 공동기자 회견을 열기로 했다.
대형할인점과 대형수퍼마켓
(SSM·Super Supermarket) 확산
에 대해 조직적으로 대응키로 한
것이다.

무엇일까요?

답:신문

110. 사 오고도 못 사 왔다고 하는 것은 무엇일까요?

답 : 못

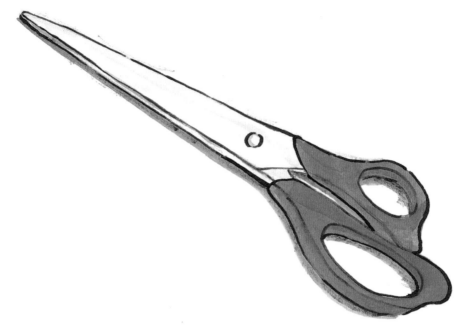

111. 입만
벌렸다 닫았다 하는 것이
일인 것은 무엇일까요?

112. **까만** 것을 칠해야
깨끗해지는 것은 무엇일까요?

답: **까만 구두**

113. 해만 보면 우는 것은 무엇일까요?

답:얼음

114. 앞, 뒤, 위, 아래, 옆, 모두 똑같은 모양으로

보이는 것은 무엇일까요?

답 : 공

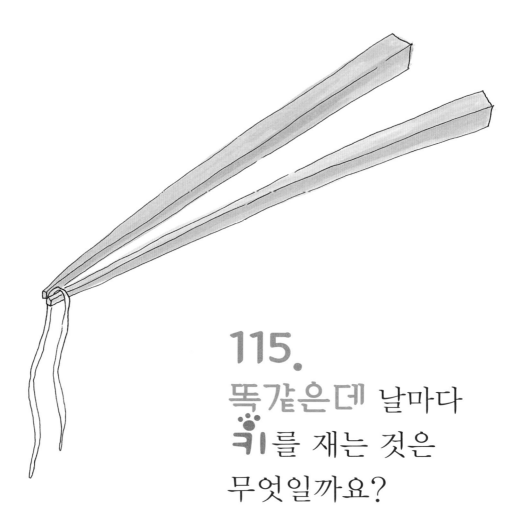

115.
똑같은데 날마다
키를 재는 것은
무엇일까요?

116. 물을 마시고 나면
꽃을 먹는 것은 무엇일까요?

답 : 꽃병

117. 입으로는 공기만 먹고
엉덩이로 노래를 부르는 것은
무엇일까요?

답 : 나팔

118. 네모지고 납작하지만 세상을 두루 굴러다니는 것은 무엇일까요?

답 : 돈

119. 올라가면 닫히고
내려가면 열리는 것은
무엇일까요?

120. 검은 이와 흰 이가
사이좋게 노래하는 것은

무엇일까요?

답:피아노

121.
때리는 것이
일인 것은
무엇일까요?

122. 들어가는 곳은 **한** 곳인데 나오는 곳은 **둘**인 것은 무엇일까요?

답: 바지

123. 형과 동생이 빙빙 돌며 경주하는 것은

무엇일까요?

124. 동생은 형 집에 들어갈 수 있고 형은 동생 집에 들어갈 수 없는 것은 무엇일까요?

답:그릇

5

자연에 관한 것

125.
끊어도 끊어지지 않는 것은
무엇일까요?

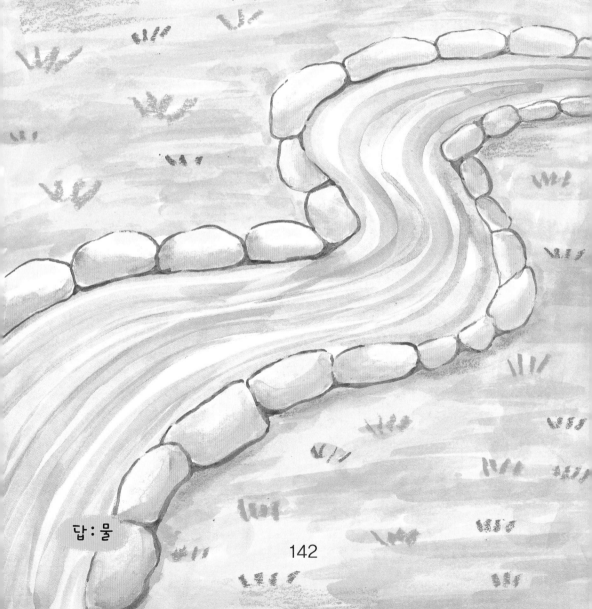

답 : 물

126.

낮에는 살고
밤에는 죽는 것은
무엇일까요?

답 : 해

127.

낮에는 숨고
밤에는 나오는 것은
무엇일까요?

답 : 별

128. 더울 때는 눈물 흘리고
추울 때는 꽃을 뿌리는 것은
무엇일까요?

답:구름

129.
바닷물을 그릇으로 퍼올린다면
몇 개나 될까요?

답:바다만한
그릇으로 하나

130. 손 안 대고 나무를 흔드는 것은 무엇일까요?

답:바람

131.
굴리면 굴릴수록
더욱 커지는 것은 무엇일까요?

답 : 눈덩이

132.

아무리 먹어도
배부르지 않고
먹지 않으면 **죽는 것**은
무엇일까요?

답 : 공기

133. 천하에서 가장 긴 것은 무엇일까요?

답: 비

134.

파란 얼굴은 웃고,
회색 얼굴은 울고,
검은 얼굴은 화내는 것은
무엇일까요?

답:구름

135. 비가 그려 놓은 그림은 무엇일까요?

답: 무지개

136.
밤에는 온 세상을 다 뒤져도
　찾을 수 없는 것은 무엇일까요?

답: 해

137. 햇빛만 쬐면 죽는 사람은 누구일까요?

답 : 눈사람

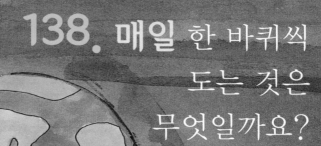

138. 매일 한 바퀴씩 도는 것은 무엇일까요?

답 : 지구

155

139. 돈이 없어도
먼 길을 잘 가는 것은
무엇일까요?

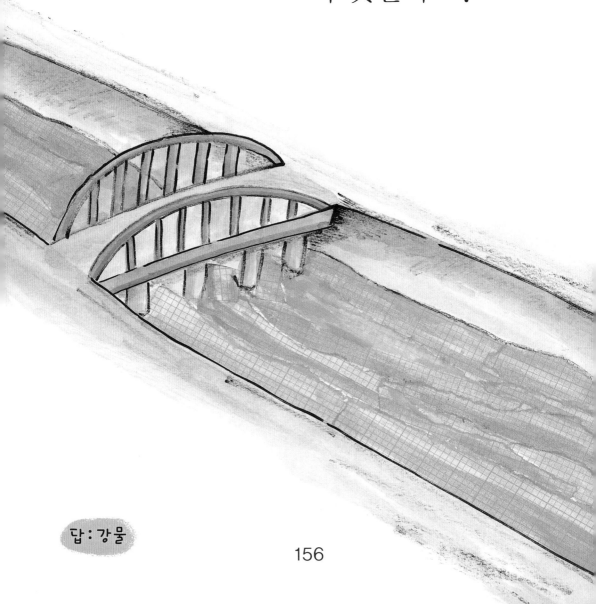

답 : 강물

140. 소리나도 볼 수 없는 것은 무엇일까요?

답 : 바람

6

그 밖의 것들

141. 낮에는 낮아지고 밤에는 높아지는 것은 무엇일까요?

답:천장(사람이 밤에는 눕고
낮에는 서서 다니므로)

142.

잘못한 것도 없는데
눈물 흘리며
고개 숙인
것은
무엇일까요?

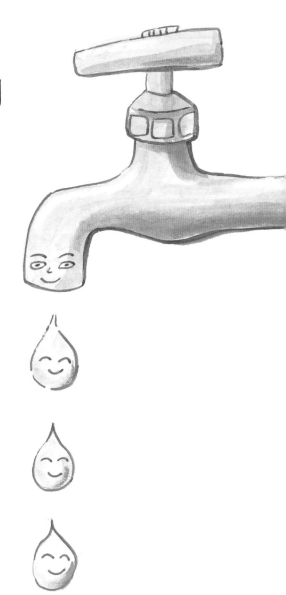

답 : 수도꼭지

143. 물에서 살면서
물에서 나와야만 살고
물에 들어가면 죽는 것은

무엇일까요?

144. 비가 와도 젖지 않는 것은 무엇일까요?

답 : 연기

145. 앞으로 나아가면 지고
뒤로 물러나면 이기는 것은

무엇일까요?

답 : 줄다리기

146. 물만 먹으면 죽는 것은 무엇일까요?

답 : 불

147. 밤에 보아야 아름다운 꽃은 무엇일까요?

답 : 불꽃

166

148.

도둑이
가장 좋아하는
금은
무엇일까요?

답 : 살금살금

149.
발버둥치는 사람이 많은 곳은
어디일까요?

답 : 수영장

150. 매일 길가에 서서
눈만 깜박거리는
것은
무엇일까
요?

답:신호등

151. 쌍둥이가 **베개** 베고 있는 것은 무엇일까요?

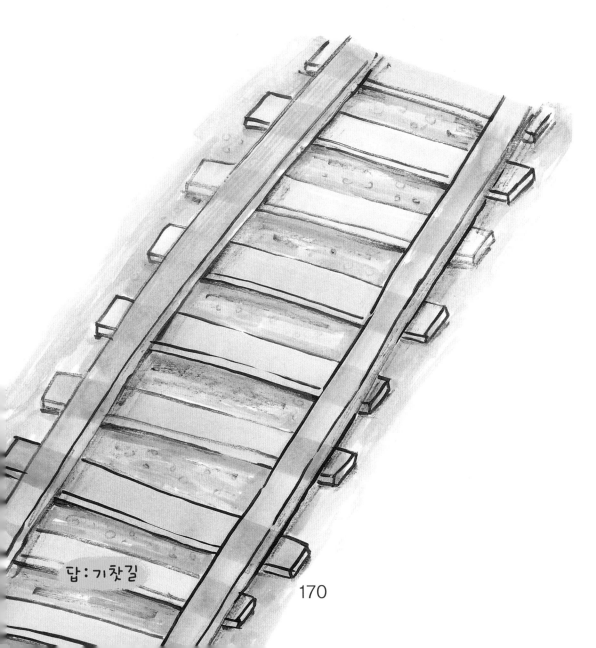

답: 기찻길

152. 도둑이 제일 들어가기
싫어하는 집은 어디일까요?

경찰 POLICE

답 : 경찰서

153. 아래로 먹고
위로 나오는 것은
무엇일까요?

답: 굴뚝

154.

큰 소리로 **방귀** 뀌고
하늘로 올라가는
것은 무엇일까요?

답 : 로켓

173

궁금한 건 못 참는 어린이
첫 수수께끼

초판 1쇄 발행 2024년 9월 20일

발행인 최명산 **글** 해바라기 기획 **그림** 김은경
디자인 토피 디자인실
펴낸곳 토피(등록 제2-3228) **주소** 경기도 고양시 덕양구 향동로 201, 지엘 메트로시티 1116호
전화 (02)326-1752 **팩스** (02)332-4672

ISBN 979-11-89187-31-6

이 도서의 국립중앙도서관 출판시도서목록(CIP)은 서지정보유통지원시스템(http://seoji.nl.go.kr)과
국가자료공동목록시스템(http://www.nl.go.kr/kolisnet)에서 이용하실 수 있습니다. (CIP제어번호 : 2018007860)